五行歌集

こんなんどうや？

（今南道也 遺作集）

増田和三
Masuda Kazumi

そらまめ文庫

本歌集は、増田和三氏が「今南道也（こんなんどうや）」という筆名で、書き遺した五行歌作品集です。

編者・良（よし）　元（はじめ）

こんなんどうや？　目次

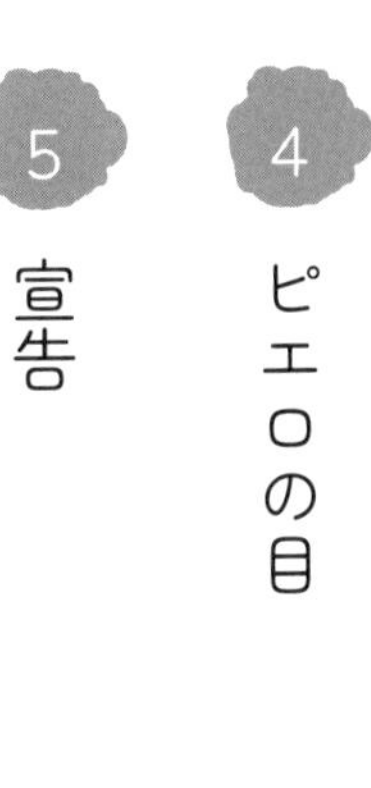

1 黒豆

妻の歌・母の歌

義母の遺した
釘字のメモを広げ
女房が　年の瀬に
儀式の如く
黒豆を煮る

妻よ　洋服の肩パットを
ことごとく外すのは
そして　けっして
捨てないのは
何時からの習わしか

旅先の散歩
妻が腕を組んでくる
途端に
自分が
愛おしく思える

「女の子が欲しければ
外でつくってきたら…」
「分かった…」
老妻との
細やかな猥談

三歳で死別した友は
今も　母を詠む
十五歳で生別した私は
未だに
母を詠めない

瞼鞘炎になった私に
女房がやさしい
人は　日頃
何を守らんとして
優しさを隠すのだろう

「毎日、日曜日の人の
願掛けって」と女房
「今年も平安で
有りますようにだよ」と
声もなく呟く

右手骨折の妻が言う
「疲れた」「疲れた」
私はまな板を前に
「修行だ」「修行だ」
と呟く

嫁、小姑の姉妹
親の無き
実家に揃う
流しに並ぶ
いずれ劣らぬ尻、三つ

四本の抜歯の後
毛布に丸まって
いつに無い
女房の優しさを
味わっている

「怒りっぽいは
ボケの始まり」
この一言で
もう怒っている
女房

体操、ヨガ、太極拳に通う
七〇歳になった女房の
帰宅時の呟きが変わってきた
「散歩もしょうかな」から
「疲れた　疲れた…」へ

洗い過ぎを
妻が
優しく
諫める
泥ごぼう

七〇歳にもなって
母の日に気づいた
妻にも
抱き隠した涙が
二つは有ると

「しょっちゅう転ぶ
気をつけなさい」
骨折歴五回の妻が
四回の俺に
命令する

妻は両家両親の
命日を諳んじて居る
私は妻の話から
その答えを拾おうと
暫しパニックになる

妻で居るか…
母親を貫くか…
女として生きる…を
選んだのが
母であっただけの事

自らの
皺と白髪を嘆くために
手術をしたのか
白内障手術を終えた
女房に問う

2 町内会

子供達と
空に向かって
ばら撒いた
球根ばら撒き花壇
てんでこの美しさ

公園のおじさん！と
不法投棄を知らせに
一年坊主が家に来た
一年足らずの急成長
間もなく早や二年生

夏休みラジオ体操に来た子に
「さぁやろう…」と声かけ
すかさず「疲れているから…」
とママが庇う
これってなんだ…

休憩所で
スイカを切るのを見届けて
子ども神輿の
掛け声が
「スイカ　スイカ」に変わる

九十歳がする自慢話
「私にもまだ価値がある
老人を元気付ける為にする
年取ってからの失敗談が
大うけする」

公園の
焼き芋会
集まった子らが
坊主頭から揚がる
湯気を競う

ジャングルジムの幼子に
次の脚はここ　と
お節介したら
ぼくだって　がんばっているのだ!!
と　怒られた

馬鹿には務まらぬ
馬鹿にならないと
やっていけない
町内会の
役員

町内会の揉め事は
概ね
世代交代のあやが
判らぬ人によって
起こされる

国税調査で
夫婦喧嘩に遭遇
二十日たって
未提出の部屋に
今夜も遅い明かりが灯る

ふれあいの…
いこいの…
やすらぎの…
地下通路から
介護センターまで

県議員に意見を求められ
放射能は
選挙区を頭越しにすると
想定したかと言ったら
懇親旅行の案内が来た

3 岩燕

鈴蘭は
根詰まりして
花をつけるという
人間の根って
何だろう

カラスに襲われ
二度目の産卵に備え
せっせと巣作りをする
ツバメには
育児放棄の本能は無い

渾身の力で
醜く枯れた
花殻から
採った種は
発芽率が良い

一陣の北風に
畝ごとの
芋の露が
独楽となって
回る

但馬から
雪だるまの様な田舎家
十和田から
のれんの様なつらら
雪の写真　一気に届く

廃業した
温泉ホテルの
最上階の窓で
カーテンが
助けを求めてはためく

小雪舞う
京で食す
湯葉の
暖かさ
ほろ苦さ

藤七温泉山荘の
主賓は岩燕
客が
忍び足で
軒を潜る

いずれも
お多福顔の二人が
隙の無い
掛け声を交わす
電車運転手の交代

人の意見
先出しか
後出しか
この差は
大きい

無職の生活も
三年になるのに
時々　煙に包まれて
焼き鳥が
食いたくなる

しがらみを
捨てる旅だと
嘯いて
姉の葬儀に
向かう

勝沼の
フルーツラインに入る
甘い発酵臭に
車の窓を
全開にする

頬白
頬赤
いずれも雀目
ちょっとした
神の遊び心

空蝉の
背中の裂目に
命を繋いだ
一本の
白い紐

二時間の後には
強羅のにごり湯と決めて
嫌な問題に
けりを入れる
電話を掛ける

夏の初めに
訪れて
粉雪舞う頃を
偲ぶ
浄土ヶ浜

4 ピエロの目

「雪ですねぇ」
見知らぬ女性(ひと)が
声をかける
ホームまで届かぬ
横浜の初雪

チッチッチッと
ごみの山で
時を刻む
今朝捨てられた
目覚まし時計

減らそうとして
二年目
一方通行の
年賀状ばかりが
気になる

夏バージョンが
安くなったと
声高に客寄せする
携帯ショップに
秋バージョンのポスター

酔うほどに
並べられたグラスが
大きな口で
歌いだす
深夜の酒場

焼けた路面に
ピエロの
目を描いて
二十日振りの
大粒の雨が降ってきた

お気に入りの
剪定鋏は
姿が良く
仕込まれた空打ちの
音が良い

黙祷の一分間
寒さに襟をよせる
はっと
自己嫌悪に
落ちる

長男がＰＣに
止めを刺す
次男がＮＥＷ　ＰＣの
立上げをする
時にトラブルも良いものだ

人違いで
声をかけた女性が
微笑んで応えた
きっと人恋しく
思っていたのだ

年の瀬に
ガラスを磨く
何かを
断ち切る思いで
無心に磨く

「忖度」は
死語か
何につけ
もの思いが
軽くなったようだ

永年の会社人間の
引き際
重い思いは苦しかろうが
洒落の一つも言って
恰好良く去んなよ

品川駅のホームで
立喰い蕎麦の
匂いを嗅ぐ
仕事に追われていた頃の
充実感を思い出す

元々の生き様か
地に沿った生き様か
大きいも小さいも
根曲り筍は
曲がっている

若い家族が
アパートから
越していく
幼子の勢いのある
挨拶を残して

人間国宝展に
何気なく展示された
一点の火焔型土器
紀元前二千年の
ただ　一途な美しさ

地芋を
地熱で蒸して
食べる時
誰もが必ず
合掌する

軽快に
振舞っているとき
突然に
鳥肌が立つような
隙間風が吹く

約束は
破られる為にある
こう考えれば
世渡りは
楽だ

突然　相手が
黙りを決め込む
時間の長さ
空気の重さ
雄弁に勝る

毎日
日曜日の身には
確かな予定の
有る今日は
とりあえずの好日

寒い　寒いが突然
暑い　暑い
暑い　暑いが突然
寒い　寒い
日本が二季になっていく

寒風の中　偶然に
焼き芋屋の後を
付いて行く
１km の間に
声をかけた客一人

「僕と言うの…」
不思議そうな顔をされる
七十年来　これで通した
今更「僕」は
変えられない

今の家を
終の棲家とすると
決断
十三回、七十三歳で
引越し人生の終わりだ

幼い頃
こぼれジャガイモを
拾って帰り
炒めて醤油味で食べた
私はえぐいの味が判る

古アパートの
軒下の蜂の巣は
全室が空くのを
ひたすら待つ
大家のしかめ面

日本
「他人に迷惑をかけない人に…」
インド
「他人の迷惑を許せる人に…」
インドが正解と思う

奈良漬の粕は
我家の常備品
季節の魚が
西京漬けに
大変身する

曾孫をつれて
孫娘が出戻った
大家族のお家に
電飾が
巡らされた

関東合同歌会で
或る代表が
ハグしてくれた
私にも追っかけの
女性が存在する

厚底物規制
突き詰めれば
裸足で
土面を走るとすれば
公平だろう

すっかり病んだか…
夕方の揚羽蝶を
最近、稀な
蝙蝠と見間違い
身構える

「よっこいしょ」と
受話器を取る
相手に聞こえたか
「すみません」と
最初の挨拶

三十年ぶりの
新築で
建築協定役員が集まる
設計図を挟んで
四方山話ばかり

5 宣告

脳に転移しています
宣告を受けて以来
私は古井戸の
伏流水の僅かな音を
追っかけている

目に見えない
ボーダーラインが有るのか
享年九十九歳の
町内訃報
今年に入って三件

仲人をした後輩の年賀に
本年をもって
辞退の添書き
そうだよなぁ
相手は曾孫を持つ身

団塊の世代の
最終競争か
火葬場の
待ちが
一週間という

夢で逢った友に
無沙汰を詫びる電話
「何で俺の見た夢を
知っているか…」と
友が愕く

葬儀を梯子する
天寿を全うした人
若くして逝った人
涙は
どちらも塩辛い

断捨離に入る
先ずはビジネス書
百三十冊
溜まっていた埃ほどの
未練も無い

帯状疱疹で
一週間の入院
ひたすら
惰眠の苦しさを
思い知る

腱鞘炎で
大騒ぎの一週間
今朝静かに
治っている
これが時薬だ

乳房をとった姉が
長年の
思いのしこりも
捨てた声で
会話する

「違う世界を
観ているよ…」を
口癖にして
七年間の闘病の後(のち)
今朝　友が逝った

認知症の友が
繰り返す昔話には
悪い人が登場しない
何だか　これが
痛ましくて　悲しい

癌病棟から
帰宅した友が
「初めて知った世界
面白い」と言う
君は生還したのだ

火葬場の係員が
故人の骨を
褒める
重たい
外交辞令だ

死に際の習性
犬は人の懐を求め
猫は人の目を避ける
残された悲しみに
変わりはない

「寿命じゃ」が口癖だった
親父の年まで
未だ二十五年
「寿命じゃ」と最後に叫んで
果てる予感がしてきた

みなさんへ

自分に…
他人に…
優しくなる方法
教えます
五行歌を書いて下さい

跋

五行歌の会主宰　草壁焰太

今南道也さんの歌集は、予定されていなかった。突然のように亡くなられて、親友の手によってまとめられた歌集である。私には、まだ今南道也さんが亡くなったという実感がない。

五行歌には、科学技術の関係の人たちの系列がある。大井修一郎さんをはじめとして、岡野忠弘さん、良元さん、小倉はじめさん、今南道也さんと続く。

これら科学系の人たちは、なんとなくユーモアのある人たちで、五行歌の世界にいい雰囲気を与えて下さっている。科学技術者はいわゆる理科系だが、おだやかで楽しい詩心を持っている。

今南道也さんの場合も、歌集の最初の「黒豆」に書かれた奥さんとお母さんの歌は、とても優しくていい。

旅先の散歩
妻が腕を組んでくる
途端に
自分が
愛おしく思える

七〇歳にもなって
母の日に気づいた
妻にも
抱き隠した涙が
二つは有ると

親友の良元さんといっしょにいるとき、二人の話はまるで漫才を聴いているように楽しい。仕事していたときの、そういう楽しい歌もいい。
今度、良さんがまとめたこの歌集を見て、人生や世の中を厳しい目で見た歌もあることに気がついた。私にしてみれば、初めての発見だった。

約束は
破られる為にある
こう考えれば
世渡りは
楽だ

死に際の習性
犬は人の懐を求め
猫は人の目を避ける
残された悲しみに
変わりはない

最後の歌は、残される人、奥さんへの決別の歌だろうか。ガンになられたと聞いて、一年ほどで亡くなられた。本人はどんなに残念だったろう。

よい歌は、多く残されたが…

今南道也氏　遺作集に寄せて

良元（よしはじめ）

親しい友人を失った時の虚無感や寂しさは親兄弟の時とは違う独特のものがある。親や兄弟にも話せない、生きていくための様々な悩み事、秘密事を共有している最大の味方でもあるからだろう。しかし、実際に今南道也君が私の前から永遠に消えて、いなくなるとは想像外のことであり受け入れがたい衝撃が襲ってきた。

「この世の始中終まぼろしのごとくなる一期なりあはれといふも中々おろかなり」の心境に陥ってしまう毎日を過ごしていた。

四十九日が過ぎたころ彼の奥さんから「夫が生きていれば歌集を出したはずだからその思いを叶えてやりたい」と電話が入った。大らかで快活な方だから、「一切私は口出ししない。あなたに任せるから」との約束でお引き受けしたものの、形見の歌集となると荷が重い。こんな時頼りになるのが事務局の水源純さん、彼の作品全部をすぐに送って下さった。九百首を超える作品の中から私が選んだのは、彼からすでに酒の席で聞いた話が多いので懐かしく彼との楽しかった日々に帰ることができた。

歌会の後に必ず立ち寄った横浜駅北口近くの居酒屋「権太」は各地の日本酒を取り揃えて女性でも入りやすい店であることから彼と岡本育子さんと三人。時々はゲストの方を交えて歌会の出来云々についての真面目な話で寛ぎ、下地ができて飲み足らない時の二人だけの二次会は、格安で上品さとは程遠い喧騒の中で遠慮のいらない辛辣な歌批判に始まって、一番多いのが、お互いの奥さんとの日々の葛藤の話が多く、お互いの家庭での愚痴と哀れな立場の慰め合い。日頃のうっぷんをお互いに吐き出して時には奥さんには話せない艶っぽい話も混ざりあって、笑い転げて「あーお互い年を取ったなー」で「お開き」となる。

彼が十五歳の少年から青年に脱皮する多感な年に、母親が家を出ている。五人兄弟の末っ子だったので母に対する思慕と憎悪の感情が、女性と相対する時に複雑に作用していたのではないかと思われる。

母を歌った作品は非常に少なく、逆に妻の歌が圧倒的な数を占めている。奥さんを揶揄しながらも逆に独特の愛惜が湧き出していたのではないだろうか？

コミュニティ活動にも熱心で、お孫さんがいない寂しさを子供の姿を見かけると目を細め話しかける。自治会では公園の管理を担当し子供たちと花を育てるのを日課とし好好爺を自認していた。

彼が生存していれば「お前は俺のことが全然わかっていないなー」と文句が出るかもしれないが。本当の面白い話や艶っぽい話は、彼が五行歌に残さなかったのは残念で、真偽はともかく永遠の秘密になってしまった。しかし彼が話す内容は、どこかに笑いのエキスを含ませた肴がついていて、あんなうまい酒はもう飲めないと思うと寂しさがまた押し寄せてくる。

五行歌五則

［平成二十年九月改定］

一、五行歌は、和歌と古代歌謡に基いて新たに創られた新形式の短詩である。

一、作品は五行からなる。例外として、四行、六行のものも稀に認める。

一、一行は一句を意味する。改行は言葉の区切り、または息の区切りで行う。

一、字数に制約は設けないが、作品に詩歌らしい感じをもたせること。

一、内容などには制約をもうけない。

五行歌とは

五行歌とは、五行で書く歌のことです。万葉集以前の日本人は、自由に歌を書いていました。その古代歌謡にならって、現代の言葉で同じように自由に書いたのが、五行歌です。五行にする理由は、古代でも約半数が五句構成だったためです。

この新形式は、約六十年前に、五行歌の会の主宰、草壁焰太が発想したもので、一九九四年に約三十人で会はスタートしました。五行歌は現代人の各個人の独立した感性、思いを表すのにぴったりの形式であり、誰にも書け、誰にも独自の表現を完成できるものです。

このため、年々会員数は増え、全国に百数十の支部があり、愛好者は五十万人にのぼります。

五行歌の会　https://5gyohka.com/
〒162-0843東京都新宿区市谷田町三―一九
川辺ビル一階
電話　〇三（三二六七）七六〇七
ファクス　〇三（三二六七）七六九七

増田 和三（ますだ かずみ）
1943 年 -2022 年
兵庫県生まれ
2005 年五行歌の会入会
今南道也（こんなんどうや）の筆名で、
五行歌を書く。
2017 年 10 月金沢文庫歌会新代表
五行歌普及に熱心に取り組まれた。

そらまめ文庫 ま 2-1

五行歌集 こんなんどうや？

2023 年 8 月 3 日　初版第 1 刷発行

著　者　増田和三
編　者　良　元
発行人　三好清明
発行所　株式会社 市井社
〒 162-0843
東京都新宿区市谷田町 3-19 川辺ビル 1F
電話　03-3267-7601
https://5gyohka.com/shiseisha/

印刷所　創栄図書印刷 株式会社
カバーイラスト　illustAC ＊はやし＊ (Nemo.)
背景写真　photoAC masa77
装丁　しづく

ISBN978-4-88208-204-0

落丁本、乱丁本はお取り替えします。
定価はカバーに表示しています。